Unter Verschluss

ZWISCHEN AKTEN UND SEHNSUCHT

RUBY LA RUE

Impressum:
Bibliografische Information der Deutschen Nationalbibliothek.
Die Deutsche Nationalbibliothek verzeichnet diese Publikation
in der Deutschen Nationalbibliografie; detaillierte
bibliografische Daten sind im Internet über http://dnb.d-nb.de
abrufbar.
Veröffentlicht bei Infinity Gaze Studios AB
1. Auflage
Februar 2024
Alle Rechte vorbehalten
Copyright © 2024 Infinity Gaze Studios
Texte: © Copyright by Ruby LaRue
Cover & Buchsatz: Valmontbooks
Das Werk ist urheberrechtlich geschützt. Jede Verwertung
außerhalb des Urheberrechtsgesetzes ist ohne Zustimmung
von Infinity Gaze Studios AB unzulässig und wird strafrechtlich
verfolgt.
Infinity Gaze Studios AB
Södra Vägen 37
829 60 Gnarp
Schweden
www.infinitygaze.com

Unter Verschluss

ZWISCHEN AKTEN UND SEHNSUCHT

In unserem Berufsleben begegneten wir uns als Immobilienmakler unter demselben Firmendach. Unsere Chemie stimmte von Anfang an, und so fanden wir oft Gründe, unsere Kaffeepausen gemeinsam zu verbringen, wo unsere Gespräche dann weit über das berufliche hinausgingen. Christian, mit seinem Namen, der so gewöhnlich klang und doch eine ungewöhnliche Anziehung auf mich ausübte, wurde schnell mehr als nur ein Kollege. Trotz seiner dunklen Haare und Augen, die normalerweise nicht meine Aufmerksamkeit erregen würden, fand ich ihn unwiderstehlich anziehend. Es war eine seltsame Mischung aus Anziehung und Abstoßung, die ich für ihn empfand – einerseits zog mich seine humorvolle und sympathische Art magisch an, andererseits ließen mich seine übermäßig gebleichten Zähne, die leichte Solariumbräune und sein etwas zu intensives Parfum innerlich zurückweichen.

Doch Christian sprach oft von seiner Beziehung, die er als überaus glücklich beschrieb, was ihn in meinen Augen unerreichbar machte. Nie hätte ich mir erlaubt, einen Mann in einer Beziehung zu umwerben. Aber ich musste zugeben, dass ich hin und wieder dabei ertappt wurde, zumindest mit dem Gedanken zu spielen, besonders dann, wenn unsere Unterhaltungen eine intimere Wendung nahmen.

Nachdem wir das anfängliche oberflächliche Geplänkel überwunden hatten, offenbarten unsere Gespräche tiefere Einblicke in unser beider Leben.

Es waren nicht mehr nur belanglose Kommentare über das Wetter, sondern feuchtfröhliche, lebendige Anekdoten aus unserem Liebesleben – Geschichten von vergangenen Liebschaften, sowohl von den Sternstunden als auch von den Abgründen, von Eroberungen und Niederlagen in der komplexen Welt der Singles.

Diese Gespräche webten ein zartes Netz der Vertrautheit zwischen uns, ein Band, das trotz der offensichtlichen Grenzen, die wir beide respektierten, immer schwerer zu ignorieren war. Unsere Beziehung balancierte auf der feinen Linie zwischen professioneller Kollegialität und einer unterschwelligen, unerklärlichen

Anziehung, die jeden Austausch mit einer elektrisierenden Spannung auflud.

Unsere Büros lagen zwar nicht Tür an Tür, aber das hielt uns nicht davon ab, über den digitalen Weg in Kontakt zu bleiben. Besonders an jenen Tagen, an denen das Geschäft etwas langsamer lief, flackerten unsere E-Mail-Konversationen auf. Jede Nachricht von Christian zauberte mir ein Lächeln ins Gesicht, brachte eine Leichtigkeit in den oft so ernsten Büroalltag.

Schon seit Jahren zählte ich mich zum Single-Dasein, ohne genau zu wissen, warum. Meine haselnussbraunen Locken, die stahlblauen Augen, meine athletische Figur und mein markantes Dekolleté – all das schien mir normalerweise nicht an Bewunderern mangeln zu lassen. Auf Partys und beim Ausgehen war ich gewohnt, Aufmerksamkeit zu erregen, oft mehr, als mir lieb war.

Doch je intensiver und intimer die Gespräche mit Christian wurden, desto verwirrender fand ich meine eigenen Gedanken und Fantasien. Sie nahmen eine Richtung an, die ich als zunehmend gewagt empfand. Diese Entwicklung veranlasste mich dazu, einen Schritt zurückzutreten, um die Situation neu zu bewerten.

Die täglichen Begegnungen mit ihm wurden zu meinem Antrieb, mich für die Arbeit besonders herauszuputzen. Ich spürte den Wunsch, ihm zu gefallen, ihn vielleicht sogar ein wenig zu beeindrucken. Diese neue Motivation ließ mich aus einem früheren Ich, das oft genug in einem unkämmbaren Dutt und einem weiten Pullover ins Büro schlurfte, herauswachsen. Nun trug ich meine Haare offen, voluminös geföhnt und perfekt gestylt.

Mein Kleidungsstil entwickelte sich ebenfalls weiter. Nach zahlreichen Shoppingtouren fand ich modische Ensemble, die meine Figur unterstrichen und mir einen eleganten, modernen Business-Look verliehen. Selbst meine Unterwäsche wechselte vom funktionalen Einerlei zu verführerischen, aufeinander abgestimmten Sets aus Spitze und Seide. Mit diesem neuen, selbstbewussten Ich stieg mein Selbstvertrauen immens. Ich fühlte mich fabelhaft, feminin und unwiderstehlich – eine Veränderung, die nicht nur mir auffiel, sondern auch in der Art, wie ich mich präsentierte, sichtbar wurde. Mein Inneres strahlte nach außen, und das spiegelte sich in jedem Lächeln, in jedem Schritt, den ich tat. Seit jenem Abend in der Badewanne, wo meine Gedanken während der Selbstbefriedigung unbeabsichtigt aber unumkehrbar zu Christian abgeschweift waren, hatte ich mich bewusst dazu entschieden, unsere Pausen so zu legen, dass wir uns nicht über den Weg laufen würden. Die bloße Vorstellung, ihm zu begegnen, ließ mich innerlich zurückschrecken, erfüllt von einer Mischung aus Verlegenheit und einer unerklärlichen Scham. Seine Gedanken konnte er sicherlich nicht lesen, und doch fühlte ich mich, als wäre ich ein offenes Buch, dessen Seiten er mit bloßem Blick durchblättern könnte.

Dann, an einem Tag, der wie jeder andere schien, durchbrach er die selbstauferlegte Distanz, tauchte plötzlich und unerwartet an meiner Bürotür auf, sein Lächeln strahlend wie immer, und seine Zähne blitzten in einem Kontrast zu meinen verwirrten Gefühlen. So vertieft in meine Arbeit, hatte ich seine Annäherung überhaupt nicht bemerkt.

„Lena! Ist jemand zuhause?", riss seine Stimme mich aus meinen Gedanken, und ich zuckte zusammen, überrascht und ein wenig ertappt.

„Oh, entschuldige, ich habe dich gar nicht kommen hören", murmelte ich, während ich mir instinktiv durch die Haare fuhr, als könnte diese Geste irgendwie meine Fassung wiederherstellen.

Als er mir einen Kaffee reichte, den er aus einer Laune heraus für mich mitgebracht hatte, stand ich unbeholfen auf, um ihn entgegenzunehmen. Seine Geste, so alltäglich und doch so außergewöhnlich unter diesen Umständen, ließ mich kurz innehalten.

„Das hätte wirklich nicht sein müssen", sagte ich, bemüht, meine Stimme mit einem Hauch von Professionalität und Souveränität zu füllen, die ich in diesem Moment alles andere als fühlte.

Sein Blick wurde ernster, fast besorgt, als er antwortete. „Du scheinst mich ja zu meiden. Hab ich irgendwas falsch gemacht oder dich irgendwie beleidigt? Ich sehe dich kaum noch."

Oh, verdammt, jetzt wollte er auch noch wissen, warum ich ihm wie eine Teenagerin auf Abstand ging. Großartig, das hatte ich jetzt davon – eine Art Karmaschlag für mein albernes Ausweichmanöver. „Ach, weißt du, ich bin einfach bis über beide Ohren in Arbeit versunken. Der Papierkram stapelt sich bis zur Decke", log ich, ohne dabei rot zu werden. Nicht, dass es eine komplette Lüge gewesen wäre; tatsächlich hatte ich in letzter Zeit Überstunden geschoben wie eine Wahnsinnige. Während der Rest der Truppe pünktlich um fünf den Stift fallen ließ, hing ich regelmäßig bis acht im

Büro ab. Nicht, dass ich mir das Wochenende mit Arbeit versauen wollte. Außerdem, die Überstunden zahlten sich aus – und wenn schon kein soziales Leben wartete, dann wenigstens ein nettes Plus auf dem Konto.

Es war nicht der Stress, der einem die Lebensfreude aussaugt, ganz im Gegenteil. Mein Job pushte mich, immer noch eine Schippe draufzulegen, und eigentlich hatte ich einen Heidenspaß dabei.

„Du könntest mir ja wenigstens ab und zu mal eine Mail schicken, damit ich weiß, dass du nicht unter die Erde gebracht wurdest." Mit einem schelmischen Zwinkern drehte er sich um und verließ mein Büro, aber sein Parfum machte es sich hartnäckig um meinen Schreibtisch gemütlich. Jedes Mal, wenn ich einen Hauch davon erhaschte, überlegte ich, ob ich seinem Wunsch nachkommen und ihm wirklich schreiben sollte. Aber was zum Teufel schreibt man da? Etwas Lustiges? Oder doch ernster? Ich grübelte und entschied mich schließlich für den ultimativen Anti-Witz: ein „lustiges Katzenbild".Das Bild zeigte zwei Katzen, die aussahen, als würden sie vor Lachen gleich platzen, mit einem Spruch drunter: „Am meisten Spaß hat man mit Freunden, die auch was an der Waffel haben."

Perfekt. Ein Bild, bei dem man sich fremdschämt, und ein Spruch, der so platt war, dass er schon wieder gut ist. Ich war gespannt auf seine Reaktion.

Seine Antwort ließ nicht lange auf sich warten. Bereits nach drei Minuten ploppte eine neue E-Mail auf. Als ich sie öffnete, riss ich den Mund vor Empörung auf. Dort stand, dekoriert mit einem zwinkernden Emoji, einfach: „Schöne Muschis, ist deine auch so behaart?"

Was sollte ich denn darauf antworten? Einerseits empfand ich es als frech, andererseits spürte ich, wie es in meinem Schoß ganz warm wurde. Mein Körper reagierte eindeutig und ich wollte ihm nicht die Genugtuung schenken, dass ich nicht mehr wusste, was ich darauf antworten sollte.

Mutig schrieb ich ihm einfach die Wahrheit: „Nein, meine ist glatt wie Seide, ich habe sie erst gestern Abend frisch rasiert."

Kaum hatte ich auf "Senden" geklickt, schlug die Reue ein wie ein Blitz. Was, wenn er meine Nachricht völlig falsch auffasste? Sein Scherz war eindeutig anzüglich, meiner... nun, meiner war etwas ganz anderes. Plötzlich war mir die Arbeit vollkommen egal. Wie eine Besessene aktualisierte ich alle dreißig Sekunden mein E-Mail-Postfach, in der Hoffnung auf eine

Antwort von Christian. Zehn quälend lange Minuten später, die mir wie eine Ewigkeit vorkamen, leuchtete mein Bildschirm auf: eine neue Nachricht von ihm.

„Was trägst du für Unterwäsche?" Mein Herz setzte aus. Hatte er das wirklich gerade gefragt? Und viel wichtiger: Sollte ich darauf wirklich ehrlich antworten? Ein heißer Schauer lief mir über den Rücken, während ich nervös auf meinem Stuhl hin und her rutschte, plötzlich allzu bewusst, wie feucht ich mich fühlte.

„Meine Unterwäsche ist schwarz", tippte ich, löschte den Satz dann, nur um ihn erneut einzutippen. Meine Unterlippe zwischen den Zähnen, drückte ich zögerlich auf „Senden".

Um mich abzulenken, schlich ich in die Kaffeeküche, holte mir einen Nachschub an Koffein, den ich eigentlich nicht brauchte. Die Anspannung und das Kribbeln, das diese kurze Konversation in mir ausgelöst hatte, machten es mir fast unmöglich, stillzusitzen. Heute Abend würde ich definitiv früher nach Hause gehen müssen, um... mich ein wenig zu entspannen, mit meinem Lieblingsspielzeug.

Zurück an meinem Platz, entdeckte ich sofort, dass Christian geantwortet hatte. „Zieh morgen dunkelrote Unterwäsche an." Mein Atem stockte.

Er hatte mir einen Befehl gegeben. Ein Teil von mir war schockiert, ein anderer... unglaublich erregt.

Ich entschied, darauf nicht zu antworten, setzte mir eine unsichtbare Grenze. Als ich dann um Punkt fünf das Büro verließ, während die Blicke meiner Kollegen mir folgten, voller Verwunderung über meine plötzliche Eile, fühlte ich mich wie in einem Nebel. Zuhause angekommen, ließ ich mir ein Bad ein, während mein Geist immer noch um die Ereignisse des Tages und Christians letzte Nachricht kreiste.

Es dauerte nicht lange, bis ich mich entschloss Hand anzulegen und meiner angestauten Lust freien Lauf ließ. Als ich begann meine glatte Möse zu streicheln, bereitete es mir noch mehr Vergnügen als sonst, aus dem simplen Grund, dass er wusste, dass sie glatt war.

Bestimmt hatte er es sich bildlich vorgestellt, wer würde das nicht tun? Die Vorstellung, dass er, wenn auch nur für wenige Sekunden an meinen nackten Körper gedacht hatte und sich gewünscht hatte, dass ich dunkelrote Unterwäsche trage, brachte mich auf Hochtouren. Wie von Sinnen rieb ich meinen Kitzler und stellte mir vor, dass er an mich dachte, seinen Schwanz in der Hand.

Nachdem ich in der Wanne meinen Gedanken und Gefühlen freien Lauf gelassen hatte, beschloss ich, es für heute gut sein zu lassen. Drei Orgasmen reichten mir für einen gewöhnlichen Werktag. Aus dem warmen Wasser steigend, hüllte ich mich in ein weiches Handtuch und machte mich daran, die Kleidung für den nächsten Tag vorzubereiten. Vor meiner Unterwäscheschublade stehend, musste ich grübeln, ob es nicht total absurd wäre, seinem Wunsch nachzukommen. Meine Schublade quoll über von Farben und Mustern, eine persönliche Freiheit, die ich bislang genossen hatte.

Doch getrieben von einer unbändigen Neugier und einer Wärme, die mich immer noch umfing, zog ich ein Set in dunklem Bordeauxrot hervor, dessen Spitzen noch nie das Tageslicht erblickt hatten. Die halbtransparente Wäsche, verziert mit barocken Mustern, schrie geradezu nach Verführung.

Allein der Gedanke, dieses verbotene Ensemble unter meiner Arbeitskleidung zu tragen und ihn darüber spekulieren zu lassen, ob ich seiner Aufforderung nachgekommen war, entfachte erneut eine Welle der Erregung in mir.

Ich legte mich auf mein Bett, versuchte, mich mit ein paar Episoden meiner aktuellen Lieblingsserie abzulenken, doch meine Gedanken drifteten immer wieder ab.

In meiner Fantasie sah ich mich und Christian in einer verbotenen Begegnung auf meinem Schreibtisch, ein Szenario, das mich gleichermaßen erregte und beschämte. Wie konnte ich nur so besessen von ihm sein, nur wegen einer scherzhaften E-Mail, auf die ich viel zu intensiv reagiert hatte? Was war nur los mit mir? Hatte die verrückte Achterbahn meiner Hormone nun endgültig die Kontrolle übernommen?

Am nächsten Morgen, nachdem ich mich in das bordeauxrote Geheimnis gehüllt hatte, wählte ich sorgfältig mein Outfit aus. Der schwarze Faltenrock mit dem fast bis zur Brust reichenden seitlichen Reißverschluss schien wie gemacht für diesen Tag. Dazu kombinierte ich einen locker sitzenden Pullover in einem tiefen Beerenton, der perfekt zu meinem versteckten Dessous passte. Mein Look wurde durch filigranen Goldschmuck, violettfarbene Lederpumps und eine Handtasche im gleichen Ton abgerundet. Die Lippen unterstrich ich mit einem herbstlichen Mauve, während ich mein Make-up bewusst zurückhaltend wählte.

Ich wollte nicht, dass Christian auch nur im Entferntesten denken könnte, mein Ziel wäre es, ihn zu verführen. Nein, das stand wirklich nicht auf meiner Agenda – zu groß wären die Komplikationen, die das für uns beide mit sich bringen könnte.

Zu meiner Überraschung war er bereits in der Kaffeeküche, als ich eintrat, und reichte mir mit einem Lächeln eine Tasse. „Gut geschlafen?", erkundigte er sich mit einer Professionalität, die keine Rückschlüsse auf unser gestriges Gespräch zuließ.

„Ja, danke, sehr gut. Und du?", gab ich höflich zurück, froh darüber, dass alles so normal zwischen uns wirkte.

„Alles bestens. Ich wünsche dir einen produktiven Tag. Kaffeepause um zehn?"

„Sehr gerne, bis später." Ich war erleichtert, dass er mir nicht das Gefühl gab, als wäre etwas ungewöhnlich zwischen uns.

Als die Kaffeepause um zehn Uhr kam, betrat ich mit einem Gefühl der Vorfreude die Kaffeeküche, bereit für einen Moment der Entspannung in seiner Gesellschaft, hoffend, dass alles so unbeschwert sein würde wie zuvor. Ich holte mir eine Tasse aus dem Schrank und drehte mich erst um, als ich spürte, wie jemand hinter mir stand. Christian stand direkt vor mir, sein maskulines Parfum erfüllte die Luft und ließ einen wohligen Schauer über meinen Rücken laufen.

Ohne Scheu und ohne ein Wort zu verlieren, fixierte er meine Schulter. Zunächst sah ich ihn fragend an, dann wanderte mein Blick zu meiner Schulter. Hatte ich etwa einen Fleck darauf? Doch plötzlich wurde mir bewusst, was seine Aufmerksamkeit erregt hatte. Als ich die Tasse griff, war mein Pullover beiläufig verrutscht, und so blitzte der Träger meines dunkelroten BHs hervor, genau jener, den er sich gewünscht hatte.

Die Unsicherheit und die Spannung, die ich gestern während unseres intensiven E-Mail-Austausches empfunden hatte, kehrten mit voller Kraft zurück. Sein Blick verriet, dass die Nachrichten nicht nur bei mir eine Wirkung hinterlassen hatten.

„Sieht aus, als hättest du dich wunderbar gefügt", hauchte er herausfordernd in mein Ohr.

Ich konnte ihm nur mit einer verlegenen Stille antworten, unfähig, meinen Blick von ihm abzuwenden.

Wortlos, mit einem Ausdruck der Verlegenheit im Gesicht, hielt ich seinem Blick stand.

„Und untenrum? Trägst du dort auch meine Lieblingsfarbe?"

Mit einem zögerlichen Nicken bestätigte ich, während ich schwer schluckte. Ein immer größer werdender Kloß bildete sich in meinem Hals. „Zeig es mir, heb den Rock", flüsterte er mir zu.

„Was? Spinnst du? Ich kann doch nicht einfach den Rock hochheben, was, wenn das jemand sieht?!", antwortete ich nun entsetzt.

Mit betonter Geste griff er nach einer Serviette und ließ sie vor sich zu Boden fallen. „Oh", gab er vor, überrascht zu sein, und kniete sich dann demonstrativ vor mir nieder.

In einem Anflug von Panik warf ich einen hastigen Blick umher, nur um festzustellen, dass niemand in der Nähe war. Seine Berührung streifte meine Schenkel, seine Hände glitten sanft nach oben und hoben den dichten Stoff meines Faltenrocks.

Schamlos grinsend starrte er mir zwischen die Beine.

„Gute Wahl", bemerkte er anerkennend zu meiner Unterwäsche und erhob sich. „Danke", entgegnete ich mit einem verlegenen Räuspern und wandte mich ab, um meinen Kaffee abzustellen.

Plötzlich spürte ich seine Hand auf meinem Hintern und ich zuckte zusammen. Erneut streichelte er meine Schenkel, ließ seine Hand unter meinem Rock verschwinden. Er bahnte sich sich den Weg zu meinem Höschen und berührte den Stoff hauchzart. Kaum merklich konnte ich seine Finger an meinen Schamlippen vorbeigleiten spüren.

„Du bist feucht", merkte er an.

So schnell wie seine Hand zwischen meinen Beinen war, zog er sie zu meinem Leidwesen auch schon wieder zurück. Mein ganzer Schoß brannte vor Verlangen und ich konnte es kaum ertragen. Verkrampft versuchte ich mir nichts anmerken zu lassen.

Er schien vollkommen gelassen, als er seine Hände auf meine Hüften legte und meinen Unterleib gegen den seinen drückte.

Ich konnte Schritte auf dem Flur vernehmen.

„Da kommt jemand", wisperte ich ihm hektisch zu und er ließ von mir ab.

Ein letztes Mal fuhr er unter meinen Rock und knetete meine Pobacke für einen kurzen Moment.

„Heute ficke ich dich, Lena …", und mit diesem Satz ließ er mich schockiert und nach mehr lechzend zurück.

Völlig durcheinander kehrte ich in mein Büro zurück und sein letzter Satz geisterte permament in meinem Kopf herum. Meinte er das ernst?

Die Erregung ließ nicht nach, ein Potpourri aus Vorfreude und Angst. Die insgeheime Hoffnung, er würde seine Drohung wahrmachen, war ständig präsent. Ich wollte einfach mehr von ihm, ihn spüren, seinen Körper entdecken und ihn verwöhnen.

Meine Gedanken wurden jäh durch das Klingeln des Telefons unterbrochen. Mein Chef hatte kurzfristig eine Besprechung einberufen, um die Finanzergebnisse des letzten Quartals zu diskutieren. Seine Präsentationen zählten definitiv zu den weniger spannenden Momenten unseres Berufsalltags. Unverzüglich machte ich mich auf den Weg zum Konferenzraum und nahm Platz an dem ausladenden Holztisch. Wie üblich war ich die Erste und nutzte die Gelegenheit, meinen Schreibblock und eine Mappe auszubreiten, vorgebend, eifrig Notizen zu seinen Ausführungen zu machen.

Als Christian zusammen mit einigen anderen Kollegen den Raum betrat, spürte ich sofort seinen Blick auf mir. Ein kalter Schauer kroch mir über den Rücken, während ich seine imaginären Hände auf meiner Haut zu fühlen glaubte. Als wäre die Situation nicht schon angespannt genug, wählte er ausgerechnet den Platz direkt neben mir, rückte seinen Stuhl so nah heran, dass unsere Sitzgelegenheiten sich berührten. Im Gegensatz zu mir, der ich nur so tat, als würde ich mir Notizen machen, begann Christian tatsächlich, das Gesagte mitzuschreiben.

Ich musste mich zusammenreißen nicht aufzuspringen, als ich plötzlich seine linke Hand an meinem Knie spürte. Fragend blickte ich zu ihm hinüber, doch seine Mimik war unverändert, er wirkte konzentriert, hörte zu und schrieb mit seiner rechten jedes Wort gewissenhaft mit.

Währenddessen wanderte seine linke Hand vom Knie zwischen meine Schenkel. Ich legte beide Arme auf dem Tisch ab und begann wahllos in meinem Block herumzukritzeln, auch um mit meinem Arm und meiner Mappe die Sicht auf seine Arme zu verdecken. Niemand schien etwas zu merken.

Meine Zehen krümmten sich vor Selbstbeherrschung, als seine Hand nach oben wanderte und wie zuvor in der Kaffeeküche über den feuchten Stoff glitt. Ein heißer Stich der Erregung fuhr duch meinen Unterleib, als er den Stoff meines Höschens beiseite schob und sich sein Mittelfinger gnadenlos in meine heiße Spalte bohrte.

Es war eine Qual, keine anerkennenden Laute von mir geben zu können. Ich biss mir auf die Lippe und nahm einen Schluck Wasser. Bemüht versuchte ich meinen Atem zu regulieren. Sein Finger verharrten dort für eine Weile, ehe er begann ihn zu biegen und in mir herumzurühren. Ohne sein Handgelenk allzu viel zu bewegen, begann er mich zu fingern, nahm den Zeigefinger dazu und ich spürte wie immer mehr Feuchtigkeit aus mir austrat.

Ich wandte mich an ihn und flüsterte ihm zu, als müsste ich ihn etwas wichtiges wegen der Arbeit fragen.

„Ich bitte dich, hör auf ich halte es nicht mehr aus."

Langsam zog er sich aus mir zurück.

„Das war auch nur ein winziger Vorgeschmack auf später", wisperte er zurück und lehnte sich ein Stück nach hinten, sodass ich seinen Schritt erspähen konnte. Eine riesige Beule spannte den Stoff in seiner Hose und zu gerne wäre ich unter den Tisch gekrochen um sein Gemächt an die frische Luft zu holen.

Die Zeit in der Besprechung verstrich unglaublich schnell, und trotz meiner Anstrengung, mich auf die Präsentation zu konzentrieren, konnte ich mich im Nachhinein an nichts erinnern, was der Chef gesagt hatte.

Seine abschließende Bemerkung über das trübe Wetter draußen – „Was für ein furchtbares Wetter heute, es hört gar nicht mehr auf zu regnen" – zog missmutige Blicke von uns allen auf sich.

„Ja, es ist sehr feucht heute", erwiderte Christian, mein Unruhestifter, mit einem offensichtlichen Grinsen in meine Richtung. Seine Doppeldeutigkeit ließ keinen Raum für Zweifel an der Richtung seiner Gedanken.

Als der Arbeitstag sich dem Ende zuneigte und einer der Kollegen Christian zum Essen nach Feierabend einlud – „Christian, möchtest du nicht auch Feierabend machen? Wir gehen noch etwas essen" –, war seine Antwort prompt und unerwartet: „Nein, ich mache heute Überstunden." Meine Anspannung und Ungeduld wuchsen mit jeder Minute. Was, wenn es tatsächlich dazu kommen würde? War ich bereit, alles auf die Spitze zu treiben?

Nach und nach leerte sich das Büro, und schließlich, gegen 20 Uhr, fasste ich meinen Entschluss und ging in sein Büro. Ich hörte, wie er am Telefon war. „Ja Schatz, entschuldige, ich muss noch ein paar Dinge erledigen, ich komme heute etwas später. Vielen Dank, stell es einfach in die Mikrowelle. Du bist ein Schatz. Ja, ich liebe dich auch."

Ein Gefühl der Schuld durchzuckte mich. Er log seine Freundin an, und hier stand ich, bereit, eine Grenze zu überschreiten, von der es kein Zurück gab. Er wartete nur darauf, dass wir allein waren, getrieben von einem Verlangen, das wir beide kaum noch kontrollieren konnten.

Gespielt vorwurfsvoll sah ich ihn an.

„Hast du ein Problem damit?", fragte er vorsichtig.

Ich schloss die Tür hinter mir und ging auf ihn zu. Verwegen packte ich ihn an seiner Krawatte und zog ihn zu mir her.

„Dass du zu ihr sagst, dass du sie liebst, während du an nichts anderes, als meine Fotze denkst? Nein, damit ich habe ich kein Problem", säuselte ich ihm ins Ohr und öffnete den Reißverschluss von meinem Faltenrock. Galant ließ ich ihn zu Boden gleiten. Anscheinend hatte ich den Bann gebrochen, denn er packte meinen Pullover, zog ihn mir über den Kopf und warf ihn auf seinen Stuhl.

Ohne zu zögern knöpfte ich sein Hemd auf und inhalierte seinen Körpergeruch. Seine gebräunte durchtrainierte Brust fühlte sich geschmeidig an. Fordernd zog ich ihm das Hemd vollständig aus und warf es zu Boden.

Jeglicher Stoff, der uns voneinander trennte, empfand ich als störend.

Währenddessen öffnete er meinen Büstenhalter und meine voluminösen Brüste wippten leicht, als sie nicht mehr von dem engen Stoff gehalten wurden. Meine Nippel streckten sich ihm lustvoll entgegen, was er als Einladung ansah, sie zwischen Daumen und Zeigefinger zu nehmen und zu zwirbeln. Ich stöhnte auf.

„Mhm … endlich höre ich wie geil du auf mich bist", flüsterte er und knetete lüstern meine Titten. Ich genoss es unglaublich, wie er an meinen harten Knospen knabberte und sie sich ihm immer härter präsentierten, wie fein geschliffene Diamanten.

Zwischen meinen Beinen wurde es immer feuchter. Ich wollte ihn spüren, doch vorher wollte ich ihm etwas Gutes tun. Mit dem Gedanken ließ ich mich auf die Knie herab und öffnete seine Hose. Seine Männlichkeit drückte nach Freiheit flehend gegen den Stoff und so zog ich ihm alles, was er noch an Kleidung anhatte, aus. Sein Kolben sprang mir förmlich ins Gesicht.

Sinnlich begann ich seinen Schwanz zu massieren und mit der Zunge die volle Länge über den Schaft zu gleiten, ehe ich die Eichel zwischen die Lippen nahm und meine Zunge darum kreisen ließ. Lustvolle Laute drangen aus seinem Mund. Seine Augen waren geschlossen und seine Hände manövrierte er zu meinem Hinterkopf. Dies nahm ich als Anlass, meinen Kopf langsam vor und zurück zu bewegen. Er genoss es sehr und ich fühlte, wie er immer noch härter wurde.

Ich spürte wie sich seine Hand um meine Haare legten, er sie fest im Griff hatte, wie einen Pferdeschwanz. So hielt er meinen Kopf und begann das Tempo zu kommandieren. Die Hand immer noch enger um meine Haare gelegt begann er immer schneller meinen Mund nach seinem Ermessen zu ficken. Dabei sah er mir selbstgefällig in die Augen.

Es machte mich nur noch geiler, wie er mich benutzte und ich blickte ihn willig und unterwürfig an.

Abrupt ließ er von mir ab und bedeutete mir aufzustehen. Ich tat wie mir geheißen. Er packte mich an den Hüften und hob mich auf seinen Schreibtisch. Als ich es mir gemütlich gemacht hatte, drückte er meinen Oberkörper nach hinten. Er wollte mich liegend. Ich lehnte mich zurück und fühlte mich ausgeliefert, als er mir das Höschen auszog und mich schweigend betrachtete.

„Du bist wunderschön", raunte er und versenkte sein Gesicht in meiner Scham. Seine Zunge glitt über meine Schamlippen und bahnte sich ihren Weg zu meinen Kitzler. Ein angenehmes Brennen durchzog all meine Nerven, als seine Zungenspitze begann, um meine harte Perle zu kreisen. Ich bog meinen Rücken zu einem Hohlkreuz und krallte mich am Tisch fest. Ich spürte, wie er selbstzufrieden grinste, während er mich immer gieriger mit seiner Zunge befriedigte.

Kurz vor meinem Höhepunkt hörte er auf und wartete einige Zeit, bis sich mein Körper beruhigt hatte. Es war ein grausames Spiel.

Wie ein Stromschlag durchzog es mein Lustzentrum, als ich seine Eichel durch meine Schamlippen gleiten spürte. Doch er drang nicht ein. Mehrere Minuten litt ich von dem unbändigen Verlangen ihn endlich in mir spüren zu können, doch er ließ mich zappeln. Er intensivierte das Spiel, drückte dagegen, als ob es jetzt so weit wäre, ließ seine Eichel ein kleines Stück in mich hineingleiten und zog sich sogleich zurück, um weiter nur darüberzustreicheln. Das gab mir den Rest.

Er hatte eine Geduld ohnegleichen.

„Bitte!", jammerte ich irgendwann und er lachte arrogant auf.

„Was, bitte? Du musst dich schon etwas genauer ausdrücken."

„Ich bitte dich! Fick mich endlich, ich flehe dich an! Ich halte es nicht mehr aus!"

Er schenkte mir ein hochmütiges Lächeln, so als würde er Gnade walten lassen und versetzte mir einen tiefen Stoß, indem er seinen mächtigen Schwanz tief in meine heiße Spalte rammte. Ich schrie auf und und bäumte mich noch dagegen. Er füllte mich voll und ganz aus. Quälend langsam begann er sich vor und zurückzubewegen, nahm mich sanft und intensiv. Ich passte mich seinem Rhythmus an und genoss jede Sekunde. Endlich hatte ich ihn in mir, endlich gab er mir das, was ich mir schon so lange ersehnte. Er fühlte sich unglaublich an und verstand sein Handwerk.

Meine willigen unkontrollierten Laute und der Anblick, wie ich begann meine Brüste zu massieren, spornten ihn an. Er begann mich immer schneller und härter zu stoßen. Bei jedem Stoß musste ich laut aufstöhnen. Es gab nichts, das ich mehr wollte als das was hier geschah. Er nahm mich hart und ich genoss seine erbarmungslose Penetration, als sei ich dafür geboren worden.

Der Anblick, wie ich meine Brüste knetete, machte ihn unfassbar geil und so griff er nach meiner Hand und führte sie zwischen meine Beine. Ich begriff.

Mit der einen Hand stimulierte ich meine Nippel, während ich mit der anderen Hand begann gut sichtbar für ihn meinen Kitzler zu streicheln. Kleine Kreise zog ich um meine Lustperle und es dauerte nicht lange, ehe ich mich vollständig anspannte. Eine heiße Woge der Lust durchlief meinen gesamten Leib. Ich schrie meinen Orgasmus hinaus und drückte mein Becken nach oben, um ihn dabei so tief wie möglich spüren zu können.

Christian beobachtete mich dabei genau und versetzte mir ein paar letzte harte Stöße, ehe auch er seinem Höhepunkt entgegensteuerte. Auch er kannte nun kein Halten mehr, keuchte laut auf und pumpte seinen ganzen Saft tief in mich hinein. Ich spürte seine Eichel lustvoll beben, als er sich langsam aus mir zurückzog.

Fast andächtig, als hätte er ein Kunstwerk geschaffen, verrieb er sein Sperma über meine noch zuckende Möse und blickte mich zufrieden an.

„Ich werde jetzt öfter Überstunden machen und du wirst mir dabei schön zur Verfügung stehen", säuselte er mit einem süffisanten Grinsen.

Eine Welt voller Bücher

Unvergessliche Abenteuer
Faszinierende Charaktere
Neue Welten und Ideen

Bei Infinity Gaze endet
die Lesereise nie!

Jetzt entdecken unter:
www.infinitygaze.com